文芸社セレクション

時が優しく動き出し

澁瀬 光

SHIBUSE Ko

JN068322

文芸社

プロローグ

気が付くと屋上に来ていた。西の空が茜色に染まっている。しばらくぼんやりと、その空を見ていた。

どれくらいそうしていただろう。

卒業まであと半年。たとえ無視され続けても一日、一日乗り越えていけばいい。そう思ってきた。

それが今になって状況が変わった。出来ればずっと無視していてほしかった。もうこれ以上耐えていく自信がない。もう、楽になりたい。

「母さん。ごめん」

フェンスに近づき手を掛けた。

その時、突然、目の前に人の影が浮かんだ。びっくりしてフェンスから手を離し二、三歩後ずさりして尻餅をついた。

影はゆっくりと、漂うように目の前に迫ってきた。守と同世代の少年の姿をしていた。

「うわー」

言葉にならない声を上げて守は気を失った。

高井は夢を見ていた。ショッピングモールのような建物の中だった。周りの人が足早に歩いて行く。自分も早く行かなくてはと、その後について行き、先の角を曲がった。

するとそこにバスが停まっていてバスの横に数人の列が出来ていた。早く乗り込みたいのだが、なかなか前に進んでくれない。

「早くして。遅れちゃうよ」と気が急いてくる。

「ああ、いつものように電車にするべきだった」と悔いている。

そこで目が覚めた。遅れてはいけないという思いが、そんな夢を見せたのかもしれない。バスの中から誰かが自分を見ていたような気がする。どこか懐かしい思いがした。

「誰だったろう?」

　もう少しで分かりそうで分からない。夢の場面を思い出そうとするが、朝の慌ただしさの中、辿っていこうとする僅かな断片さえも分からなくなってしまった。ただ、「誰だったろう？」という思いだけが残った。

第一章

1

教育実習生となって一週間ほどになるが、回を重ねるごとに緊張感が増すような気がして、その気持ちを落ち着かせようと高井は、時間が空いたときに許可をもらって各教室を見て回った。

一年生、二年生と一クラスずつ、覗いていった。それぞれのクラスに個性があって面白い。また、各クラスの授業をしている先生にも個性がある。

三年生の教室へと回ってみた。受験態勢に入っているのか、さすがに授業に向きあう姿勢が下級生とは違う気がする。

最後の教室を覗くとやはり皆、授業に集中している。ゆっくりと中を見回していくと、窓際にいる一人の生徒が窓から空を見上げているのが見えた。外は晴れて雲一つないきれいな青空が広がっている。

「気持ちいい天気だな。窓際にいたら俺だって空を見ているかもしれないな」と思い、少しの間彼を見ていた。

遅刻しそうになる夢を見た日、高井は数日前に窓際の席で空を見上げていた生徒のことがなぜか気になり、彼の教室へ行って覗いてみた。その生徒は一人授業から外れ、数日前と同じようにぼんやりと外を見ていた。誰にも関心のなさそうな一人きりの姿は、高井の胸に忘れていた寂しさをよみがえらせた。

「青木……」

暫く立ち尽くしてその生徒の姿を見ていた。

青木は高井の高校の同級生だった。ちょっと変わった奴だったが、高校三年生の時に親しくなった大切な友人だ。

初めの頃は同じクラスなのにあまり話したことがなかった。彼はおとなしく目立たない生徒で、いつも窓際の席でポツンとして空ばかり見ているような印象だった。

夏休みが終わり、二学期が始まって直ぐ、担任が何を思ったのか突然席替えをした。その席替えで高井は青木と隣の席になった。隣同士にはなったけれど、それまでの彼を見ていたし、また、誰もが受験態勢に入っていたので話らしい話をしなくても特に気にすることも無かった。

そんなある日、帰り支度をしていた高井に珍しく青木が声を掛けてきた。

「あのー、高井君……ちょっと時間ある?」

「えっ?」

「ちょっと聞いてほしいことがあるんだけど……」

急いではいたけれど、彼の方から声を掛けてくることなど、それまで一度も無かったし、また、やけに改まった言い方が気になって、持ち上げたカバンを机の上に戻し彼に向きあった。

「なに? なんか緊張するな」

と言うと、初め言いよどんでいたが、意を決したように一気にこう言った。

「ライブを手伝ってほしいんだ」

「えっ?」

何を言われたのか分からなかった。戸惑っている高井に青木はもう一度、今度は息を整えるようにゆっくりと、

「卒業式の後にライブをやりたいんだ。高井君に手伝ってもらいたい」

「ライブ？　何を言ってんだよ。ライブって……」

「受験に向けて大変なのは分かっている。分かっているけど、放課後三十分ほどでいいんだ。付き合ってほしい。お願い」

と青木は身体を折るように深々と頭を下げた。

「待ってよ。本当に何言ってるんだよ、ライブって。ライブって、もしかして歌とか？　無理、無理。俺、歌なんて歌えないよ」

「高井君、ギター弾けたよね」

「ギターは持っているけれど、弾けるって程じゃないよ」

「お願い。この通り。頼めるのは高井君しかいないんだ。三十分は絶対に守るから」

「悪いけど、本当に無理だから。誰か他の奴に頼んでみてよ」

それでも青木は粘ってきた。

青木がこんなにも積極的で強引な奴だったなんて信じられなかった。押すように攻めてくる青木に高井はタジタジだった。突然の話だったし、理解に苦しむような内容だったし、どうやってその場を切り抜けようかと忙しく頭の中で考えた。

「ちょっ、ちょっと待ってくれ。考えさせてくれ」

やっとの思いで、その場から逃れた高井は帰る道々、

「何なんだよ。ライブって。無理だよ。冗談じゃない」と繰り返し、

「やりたくない。はっきり断ろう」と高井の答えはそれしか考えられなかった。

しかし青木は、高井が断っても、断っても、

「三十分でいいから。三十分だけでいいんだ」

とあきらめる様子を見せなかった。とうとう最後には、

「三十分だけだからな」

と根負けし、放課後音楽室で付き合うようになってしまった。

それが、気が付くと青木にギターを教えてもらい、照れ臭いような詩まで書いて深くのめり込んでいった。

そんな日々の中、高井は青木に向かって彼のずうずうしさと強引に誘われたことへの恨みつらみを並べ立て、出鱈目に歌ってやった。そして二人で笑い転げた。おかしくて、おかしくて、口ずさんでは二人で笑った。青木が声を上げて笑うのを初めて見た。その姿はクラスの中でも自分だけしか知らないだろうと思いながら高井は幸せだった。

高井は青木にどうしてライブをやりたくなったのか聞いてみた。

「ミュージシャンになりたくてさ」

「へえー。すごいね。それじゃ、今度のライブが記念すべき初ライブってことか？」

「いや、最初で最後さ。やりたかったけど出来なくなった」

「どうして？」

青木はギターを擦るようにしてその理由を語った。

「ギターは父さんから教わったんだ」

青木のお父さんは典型的な仕事人間で家を空けることが多く、青木と話す機会もあまりなかったが、青木が中学卒業を間近に控えていた頃、体調不良を訴えて入院することになってしまった。その入院を切っ掛けに、最初こそ照れくささもあったが、少しずつ会話をするようになっていき、高校に進学する頃には病室に父の顔を見に行くのが楽しみになっていた。

「どうだ、学校は？」

「うん」

「今度の高校は、たしか進学校だったたな。どうだ、ついていけそうか？」

「うん。何とか。勉強はちゃんとしているよ」

「本当かぁ」

「大丈夫！」

学校の話、家族の話、それまでの時間を取り戻すかのように話は弾んだ。

「勉強はもちろんだけど、部活だったり、いろんなことを経験して自分のやりたいことを見つけられるといいな」

と言って、自分が学生の頃に友達とバンドを組んで夢中になった話をしてくれた。その日々を懐かしそうに、また楽しそうに話す父を見て、青木の中で音楽に対する興味が芽生えたようだ。


青木が高校一年の夏休みを迎える頃には、父親も退院をし仕事に復帰していたが、以前のように無理も出来ないだろうと部署が異動になったため、家族と過ごす時間も増えてきていた。

ある日曜日、何処に置いてあったのか、幾つものステッカーが張り付けられたギターケースを持って、お父さんが青木の部屋へ入ってきた。

「それ、父さんのギター？」

「ああ、そうだ。今取り出してきたんだ」

と言うと、ケースからギターを取り出して、ポロン、ポロンと音を出し、体勢を整えて弾き始めた。

初めて見る父の姿と、初めて聴いた父のギターの音色に、しばし呆然と立ち尽くしていたが、次第に胸の奥から何とも言えない感動が沸き上がってきた。

「うん。腕はまだ確かだな」

と、父は顔を上げてにっこり笑い、

「どうだ、弾いてみるか？」

と聞いた。恐る恐る手に取ったギターの重さに緊張したと青木は言った。その日から青木はギターに夢中になった。

あまりギターにばかり夢中になっていく青木を見て、青木のお父さんは試験予定日の一週間前から、

「勉強も大切だからな」

とギターを手にすることを禁じ、また、テスト結果が芳しくない時もギターを取り上げてしまった。ギターを弾きたいがために青木は必死で勉強した。

「あんなに必死に勉強したのは初めてだったよ」

と言って笑った。

楽しい時間は高校二年の春休みまでだった。

その日帰ってきた父は随分と疲れた様子だった。

「疲れた。少し横になる」

と部屋へ入っていった父を心配した母がその後について行ってすぐに、

「直哉、救急車呼んで！」

と慌てた様子で部屋から出てきた。


ストレッチャーに横たわった父が救急車の中に運び込まれていく。救急隊員が、

「どなたか一緒に乗って下さい」

と指示を出す。

「はい」

と母が指示されるままに慌ただしくストレッチャーに続いて乗り込み、

「後で連絡するから家で待っていて」

と青木に告げて父の傍に寄り添った。

隊員の無線でのやり取り、救急車内でのやり取り、忙しくドアが閉められ、けたたましい音を鳴らして救急車は走り出していった。青木の腕を妹の麻希が強く摑まえていた。

一週間後、再び目覚めることなく、青木のお父さんは息を引き取った。

青木はその時のことを、

「突然だったので、何が起きているのか分からなかった。ただ、救急車に乗り込む母さんの姿と、救急隊員の声と、父さんに取り付けられた点滴のチューブから一滴、一滴、規則正しく落ちる滴だけが頭の中に今も残っているんだ」と語った。

青木にとって唯一、寂しさを紛らわせることのできるギターを、お母さんは家の中で弾くことを許さなかった。そのため学校の音楽室にギターを持ち込み、父の言葉を思い出しながら弾くことがあった。

「やりたいことをやっていいんだぞ。だが、やるからには中途半端はだめだ。納得いくまでやるんだ」

ギターを弾きながら父の言った言葉をかみしめて、ミュージシャンになりたいという夢を持つようになった。

「でも……」

と彼は話を続けた。

でも、三年生になり進路を考える時期が来た時、働き手を失った家計は厳しく、生活のために必死で働く母の姿と、お父さん子だった妹が医療の道を目指して勉強に励む姿に、長男として母を助け妹の夢を叶えさせるためには、ミュージシャンになりたいなどと、甘い夢に浸る訳にはいかないと考えるようになった。

その青木の思いがけない打ち明け話は、何の苦労も無く育った高井には想像も出来なかったが、打ち明けられたことによって青木との距離がぐっと近くなった気がした。

そうやってのめり込んだ彼との時間は、楽しくて毎日いそいそとして「青春の真っただ中だ」などと一人決めして幸せな日々だった。


寒い朝だった。学生服の首元にマフラーをぐるぐる巻き付け学校へと急いだ。新しく出来上がった歌詞を青木に早く見せたくて、上履きに履き替えるのももどかしく教室へ急いだ。

その日、青木は登校してこなかった。いや、その日から二度と彼に会うことは無かった。彼の席には花が飾られひっそりとしていた。卒業式までどう過ごしたのか、卒業式をどう乗り越えたのか覚えていない。

何とか進学をして、今こうして教育実習生として一つの教室を覗き込んでいる。そして、窓際の一人の生徒を見て、あの頃の楽しい日々と彼を失った寂しさを思い出したのだ。

2

窓際の席で外を見ていた生徒、和田守は、クラスから孤立していた。そのきっかけは、母、咲江がパート勤めを始めたことにあった。

守の父、和田孝は、守と同じクラスの紺野和正の父、紺野豊一の大学時代の後輩で同じ企業に勤めていた。

しかし、紺野豊一の卒業後、二人は疎遠となっていたため、同じ企業ではあったが配属された勤務地も違ったことから、同じ企業に勤めていることを知らないでいた。それが、守が小学校五年生の時に、和田孝が紺野豊一のいる部署へ異動となり二人は十数年ぶりに再会することとなった。その再会を祝って、二人は会社近くの居酒屋で祝杯をあげた。

「和田、よくぞ俺の部署へ来てくれたな」

「先輩と同じ会社だったなんて知りませんでしたよ」

「俺もだ。いやぁ、思いもかけなかったよ。一人転勤になってこっちへ来るのは聞いていたが、まさか和田だったとはな。とにかく乾杯しよう」

話が盛り上がる中で、孝は息子と娘の二人が豊一の息子と同じ小学校に通うことになることを知った。そして二人の息子が同い年であることも。やがて彼らは、家族ぐるみの付き合いをするようになった。

豊一の息子、和正は、やっと授かった一人息子で少々我儘に育ったところはあったが、物おじしない性格で転校してきた守をすんなりとクラスに馴染ませてくれた。守と和正の二人は仲の良い関係を築いていき高校も同じ学校へと進んだ。

高校生となった二人はそれぞれの部に入部し、子供たちは子供たちで忙しく、また、父親たちもプロジェクトの立ち上げなどで忙しくなってくると、家族ぐるみで行動することも次第になくなってきた。しかし、守と和正の二人の間にこれと言ったトラブルも無く、気軽に声を掛けあい親しい関係が保たれ、平和で屈託のない毎日を送っていた。

そんな中、和田孝が体調を崩し入院をしてしまった。紺野豊一は、あまりにも和田にばかり負担を掛けてきたのだと反省するところもあり、時間のある時は病室に顔を出していたが、仕事も忙しくなってくると孝の病状が気にはなったものの顔を出せないでいた。孝の退院の目途はなかなか立たなかった。

　プロジェクトも大詰めとなり臨時の事務員の募集を掛けた時、豊一は孝の妻の咲江から勤務希望の相談を受けた。孝の入院も長引いて入院費用も嵩む家計を助ける意味も含めて、彼女が採用されるよう人事に掛け合った。長く専業主婦であった彼女に人事は直ぐには了承しなかったが豊一は粘った。

　しかし、採用してみると人事が危惧したようなことも無く、咲江の仕事ぶりは飲みこみも良く、自分がやるべきことを把握し、しっかりとした仕事ぶりだった。

　豊一は忙しく帰りの時間も深夜に及び、帰れなくなることもしばしばだった。豊一の元には次々と難題を抱えた仕事が持ち込まれてくる。それを一つ一つひも解くようにクリアーしていき需要に結び付けていく。会社にとって大事な時だった。毎日毎日くたくたになりながら、帰る家は、寝に帰る場所のようなものだった。

　その一方で、豊一の妻、あずさは、毎日帰りの遅い夫の体調を気遣いながらも日々寂しい思いをしていた。仕事が忙しいのは分かっているつもりだった。理解もしている。でもやはり寂しかった。二人の時間も欲しかったし、家族で囲む団欒も欲しかった。すれ違ったまま自分だけが取り残されているような気がしてやるせなさが空回りしている。そんな思いが日々蓄積されていく。掃除機を掛けながらぼんやりしていることもある。

夫の忙しさは今に始まったことではないが、息子の和正が小さい頃は自分も忙しい思いをしながら、働き疲れて帰る夫を気遣い一日もあっと言う間に過ぎていき、寂しい思いなど持つことは無かった。充実した毎日だった。それが、今では和正も受験に向けて塾へ通っていて、夫ほどでは勿論ないが遅くに帰ってくる。あずさは夕食を一人でとることが多くなっていた。

そんな悶々とした日々が続いていたある日、あずさは偶然スーパーで咲江と出会った。その咲江から、彼女が夫の職場で事務員として働き出したことを聞いた。咲江の夫が長期に亘って入院していることは夫から聞いて知ってはいたが、咲江が働いていることも、ましてや夫と同じ会社で、その採用に夫の口利きがあったとは知らなかった。咲江から、お礼を言われたその場では、

「いいえ、お役に立てて良かったわ。孝さんの様子はいかが？　すこしやせたんじゃないの？　あなたまで倒れたら大変よ」

などと話を合わせたが、あずさは軽いショックを受けた。

咲江は生き生きとしていた。

豊一は相変わらず仕事仕事で家にいることはほとんど無く、息子の和正も本当に塾なのか今までよりも遅くに帰ってくる。妻としても母としても必要とされることが無くなってしまったと、自分の存在に何の意味も無いように思えてくる。

その頃から、一人きりの夕食に少しずつお酒を口にするようになり、きちんとした夕食も作らず、わずかなつまみを前に夜を過ごすことが多くなっていった。自分だけがのけ者にされたようなやるせない気持ちが、お酒の量と共に深くなっていった。


ある日、うたた寝をしている間に豊一が帰ってきた。豊一は、

「おい！」

と乱暴にゆすり起こすと、ぼんやりと目を上げたあずさを見て、さも卑下した口調でこう言った。

「同じ女でも違うものだな」と。

その、今までに見たことも無い夫の冷たい目と言葉にあずさは衝撃を受けた。同じ女？　咲江さんのこと？　私は咲江さんと比べられたの？　途端に腹が立ってきた。

「ええ、どうせ私は咲江さんとは違います」

と開き直ったように言い返すと、

「ああ、違う。こんなに優雅にお酒なんか飲んでいないだろうよ」

と豊一もまた言い放った。

何と冷たい言葉だろう。自分の存在価値に自信を失いかけていた時に投げつけられた言葉は、やっと保ってきた自制心まで崩してしまった。

豊一はその日疲れていた。やっと久々に早く帰ることが出来て、家で久しぶりに休みたいと思って帰ってくると、だらしなくテーブルに伏して寝ている妻の前に数本の缶が転がっていた。その光景に、つい、心にもない言葉を投げつけてしまった。咲江のよく働く姿が頭に浮かんだのは確かだったが、本気で比べたわけではなかった。

あずさは変わっていった。会話に棘を含み攻撃的で、夫を思いやる気遣いなど無くなってしまった。その妻に対して豊一もまた、苛立ちを募らせ、言い争うことが絶えなくなってしまった。


和正は両親の変化に怯えていた。

「いい加減にしろ」

父の声がした。

「離して」

　母の声がした。

「もう、俺にどうしろと言うんだ。帰りが遅いのは仕事だ。今が一番大事な時なんだ。分かっているだろ。取引先との付き合いも避けるわけにはいかないんだよ」

「はいはい。分かっております。その取引先の方と食事は済ませてきたんでしょ。だったら、私なんか必要ないでしょ。ほっておいてよ」

　母は酔っていた。和正は机に向かいながら耳を塞いだ。夕食は塾に行く途中のファストフード店でとった。今までも時々そうしてきたが、時には家で食べることもあった。でも、ここ最近は母の作る夕食を食べていない。

「咲江さんという取引先の人ですか」

　棘のある母の声が再び聞こえてきた。

「彼女は定時で帰っているよ」

　また、守の母の名前が出てきた。

「どうしてそんな風にしか考えられないんだ」

「バカだから」

　強く閉じられるドアの音がして、それっきり二人の声は聞こえなくなった。

母がお酒を口にするようになったのは一月前ほどからだった。父が今夜以上に遅く帰ってくるようになってからだ。塾で教えられた数学の要点をまとめようとしていた手は耳に当てられたままで、塞がれたはずの耳はリビングの静けさに聞き耳を立てていた。

そんな日が続いてくると授業にも身が入らない。先日も先生の呼び掛けに気付かないでいて、

「どうした紺野。スランプか？　今が一番大事な時だぞ」

と注意を受けた。

父と母の間で出てくる守の母の名前。そっと守を窺ってみると、守は何の憂いも無さそうで快活そうに見えた。守の母が両親との間でどんな存在なのか分からなかったが、守の存在が気になり意識するようになると、徐々に彼を疎ましく思うようになり、彼の気配を感じるとスッとその場を離れ守を避けるようになった。

いつもより言い争いの激しかった次の朝、母は起きてこず、父は無言のまま出勤していった。

登校した和正に守が声を掛けてきた。

「和」

守を前にして和正は、今まで胸の奥に鬱積していた苛立ちの感情に歯止めが利かなくなり、

「気安く呼ぶなよ」

とはねつけた。

「どうしたんだ。和」

と言った守に、

「お前の母ちゃん、色仕掛けで就職したんだよな。すげえな」

とののしりの言葉を口にした。

「なんだよ、それ。ふざけるなよ。和」

と言うと、和正は突然大きな声で、

「ふざけるなはこっちが言いたいよ。お前の母ちゃんは俺のおやじに言い寄って就職したんだよ」

「おい。いくら和だって言っていいことと悪いことがあるぞ」

突然の言い争いに教室内は静まり返った。

「本当のことを言っただけだよ」

「何だと！」

和正の襟元に摑み掛ろうとする守を側にいた中岡が、

「やめろよ」

と止めに入った。そして中岡に続いて田川が、

「ほら、もう鈴木が来るよ」

とにらみ合っている二人を引き離しそれぞれの席へ連れて行った。他の生徒たちは固まったように彼らを見ていた。そこへ担任の鈴木が入ってきて、

「どうした？　もうチャイムは鳴っているぞ。どうした？　何かあったのか？」

と言った鈴木に中岡がとっさに、

「いえ。なにもありません」

と答えた。鈴木はその返事に少し黙った後、教室を見回し、

「そうか。それじゃ始めよう。松野これくばってくれ」

とホームルームに入っていった。


和正は一度やり場のない苛立ちを守にぶつけてしまってから、人が変わったように守に近づく誰彼なしに当たり散らすようになっていった。

いつしかクラスの中で和正に逆らうものがいなくなり、守は次第に孤立していっ

た。やがて、窓際の席でひっそりとしている守に満足したのか、和正は以前のような落ち着きを取り戻し、クラスの空気も穏やかな日常を取り戻したようだった。しかし、守には以前のような屈託の無い日々は訪れなかった。

守にとって夏休みは、辛い日々から少しの間解放してくれたがきれいに心の中を晴らしてくれたわけではない。

あの日、和正から浴びせられた母への詰り。母は確かに父の会社の事務員としてパート勤めを始めた。その採用に和正の父親の口利きがあったことは母から聞いて知っている。けれど、決して和正が言うようなふしだらな母ではない。そう信じることは出来たが和正の言葉はショックだった。クラスの誰もが和正の言葉を信じて自分を非難しているように思えて辛かった。

そんな中で誰も声を掛けてくる者もいない一日を過ごすのは惨めだった。指をさされて、ヒソヒソと噂されているような思いがして気持ちは落ち込み続けた。学校から抜け出してしまいたいとそんなことばかり考えていた。

夏休みが終わり、登校初日の朝、目覚めた守はしばらくぼんやりと部屋の天井を見ていた。学校へ行きたくないと心が萎えてしまっている。そんな守の耳に母の忙しく

動き回る音が聞こえてきた。時間を惜しむように動き回る母に心配は掛けたくない。そう思うと意を決したように、

「休まない」

と小さく声に出して起き上がった。


学校へ向かう足取りは重かった。教室の近くまで来たとき数人のクラスメートの姿が見えた。思わず足が停まる。グッと拳を握りしめると足早に自分の席に行き崩れるように腰を下ろした。

誰も話しかけてこなかった。守は、このまま卒業するまで一日一日と過ごしていければいいと、それまで耐え抜いていこうと自分に言い聞かせた。

同じように和正もまた、塞ぎがちな気持ちで登校してきた。その目はひっそりと窓際の席で外を見ている守を見ていた。そのひっそりとした姿を見ていると、無言の責めを受けているように思えてくる。

「確かに追い込んだのは自分だが、家庭がおかしくなったのは、お前の母親が原因じゃないか」

と心の中で言い訳をしてみる。

数人のクラスメートが入ってきた。守を見ていた自分を彼らが見ていたような気がした。誰もが自分を責めているようで落ち着かない気分になってくる。

和正も守も学校生活が再び始まったことで気を重くしていた。

3

鈴木の声が休み明けの生徒に檄を飛ばしている。

「いよいよ、これから進路に向けて追い込みとなる。休みから気持ちを切り替えていってくれ。いいかぁ、くれぐれも問題行動はするな。内申書に響くぞ。直ぐに中間テストも控えている」

「ああ、厳しい！」

教室の中から声がして笑いが起こった。

「そうだ。厳しいぞ」

教室の中は和やかだった。こうして二学期が始まった。

中間テストの予定が発表されたあたりから、和正が、カタカタと机を揺らしてみたり前の席の椅子を蹴ってみたりと、小さなものではあったが、苛立ちを見せるようになった。

中間テストが終わり、和正の前の席にいた香川が、落ち着かなくてテストが散々だったと中岡たちに愚痴ってきた。その頃から中岡たちを含めクラスの誰もが和正の変化を気にかけていた。

そんな中、担任の鈴木から文化祭の話が出た。その話があった休み時間に中岡が田川の傍に来て、

「なあ。紺野の苛つきがひどくなってないか？」

「ああ。松野も心配していたよ。松野はクラス委員だからな。また、始まったらどうしようって言っていたよ」

「あいつ、紺野がさ、苛ついているのって、原因は和田のことだろう？　和田の落ち着いた態度が気に入らないいんじゃないかって思うんだ」

「そうかもな。時々、和田を睨みつけている紺野を見ることがあるよ」

「でもさ。和田に誰も話しかけたりしてないよ」

「そうだよな。それで収まったように思っていたけどな」

「俺さ、さっき鈴木の話を聞いて思いついたんだけど」

「うん?」

「紺野がさ、和田の落ち着き払った態度が気に入らないなら、和田の落ち着きを無くせばいいんじゃないかって……」

「どうやって?」

「さっきの文化祭の話を利用できないかな?」

「何かいい案があるのか?」

「何もこれと言ってアイデアがある訳じゃないけど、文化祭ってさ、自由な発想が出来るじゃない」

「和田に何かやらせるってことか?」

「そこまで考えているわけじゃないけど……」

「松野に相談してみようか?」

「うん」

その日の放課後、中岡と田川の二人は和正が教室から出ていくのを確認してから松野に声を掛けた。

「松野。ちょっと話があるんだ」

中岡は田川に提案したことを松野にも話した。松野は、

「和田か。本当はあのままそっとしておいてやりたいよな。和田に近づくことさえしなければ、このまま何も起こらないと思っていたけど、お前たちが言うように紺野の苛つきは和田だよな」

「前の席の香川も隣の席の木本もかわいそうだよ」

と田川が彼らの席を見て言った。

「それで、どんな計画を？」

「まだ何も……でも、どうかなと思って……」

「文化祭か……」

「うん。実際にやらせるのでなくてもいいけど、和田の名前を出して出し物を提案したら、名前を出された和田はきっと慌てると思うんだ」

「紺野の苛立ちは和田の落ち着き払った態度だよな。でも、そんなことで……和田が少しだけ慌ててもそれだけのことなんじゃないの？」

「そうだよな」

考え込む中岡と田川に向かって松野は、

「分かった。俺も考えてみるよ。明日もう一度話そう。紺野に分からないように吹奏楽部の部室で放課後どう？」

「分かった。俺たちも考えるよ」

「じゃ、明日」

松野が教室を出ていき田川たち二人も彼に続いた。


次の日の放課後、中岡、田川、松野の三人は吹奏楽部の部室に集まり、まず、松野がこんな提案をした。松野の話はこうだ。まずは文化祭で何をやるのか話し合う時に紺野に発言させること。

「クラスの皆は紺野が苛立っていることが分かっているはずだ。そしてそれが和田のことだということも。だから、紺野の発言であれば誰も何も言わないと思う。それに、和田は紺野から指名されたことに間違いなく戸惑うはずだ」

「和田には悪いけれど……本当は出来ればそっとしておきたいけれど、このままだと皆も落ち着けないしね。もしまた、前のような騒ぎになったら文化祭も楽しめないよね」

「紺野に和田の落ち着いた姿を壊させ溜飲を下げさせよう」

中岡は、和田を追い詰めるつもりで文化祭の話を持ち出したわけではなかったが、松野が言うように紺野の苛立ちを鎮めるためには、松野が提案した案が一番いい方法

だと思った。田川も同じ思いだったらしく、

「紺野と和田の間に何があったんだろう？　あんなに仲が良かったのに……」

と言った。そんな二人に松野は、

「やるしかないだろう？」

と言い切った。

「そうだな。こんなチャンス無いよな」

と中岡、田川も松野の案に賛成した。今の話を紺野に話し、紺野を交えたうえで和田に何をやらせることにするのか提案事項を相談しようということに決めた。後は紺野が話に乗ってくるかどうかだ。


松野たちは緊張しながら和正に声を掛けた。

「なあ、紺野。俺たち、今度の文化祭で和田に何かやらせるよう提案してみようと思うんだけど。あいつきっとオロオロして取り乱すぞ」

和正は少しの間、三人の顔を見ていたが、

「守に何かやらせる？　どうして？」

と聞いてきた。それに対して松野は三人で相談したように、

「あいつ、やけに落ち着き払っているように見えないか？　夏休みが終わってから特に」

と、自分たちも和田に対して不快な思いでいるんだよと和正に思わせようとした。

和正は松野たちの言っていることを怪しんで三人を見ていた。そんな和正に中岡が、

「なあ、紺野、お前、和田の落ち着き払ったような態度が気に食わないんだろ。気に食わないよな、確かに。俺たちあいつの落ち着き払った態度を崩してみたいんだよ」

と和正を煽り立てた。しかし、和正は松野たちがなぜこんな話を持ち出したのか不可解だった。守のことであれだけいやな思いをした松野たちだ。自分のことを警戒して今まで守のことには触れないようにしてきたはずだ。その松野たちが守の落ち着いた態度を崩してみたいと言う。何を考えているのだろうとその真意を知りたかったが、自分の中で膨れ上がっている守に対しての苛立ちを抑えることが出来ないでいた和正は、正直、守の慌てた姿を見てみたいと思った。

和正は守がギターを弾いていたことを思い出した。

「あいつ、ギターをやっていたな」

「ギター？　ギターライブ、悪くないね」

と田川が言うと松野が、

「この計画は、あくまでも和田の落ち着きを無くすことだけが目的だからな。和田が慌てて出来ないといえば無かったことにする。進行は僕がするから」

和正は、松野たちが何を考えているのか理解しようとした。もしかしたら苛つきの収まらない自分をからかっているのか。それとも本当に窓際の席で落ち着き払っている守のことが気になるのか。しかし、そんなことはどうでもよく思えてくる。自分を責めているような、あの落ち着いた姿が耐えられない。崩してやると強く思った。

あっと言う間にギターライブをやらせるよう提案していくことに話が決まった。中岡は、本当にこんなことでいいんだろうかと自分の提案で動き出したことに、複雑な心境で松野の進行にすがる思いだった。


文化祭に向けての話し合いが始まった。議長の松野が前に立ち、

「文化祭で何をやるのかを話し合っていきたいと思います。それぞれ考えてきた案を出して下さい」

と会を進行していった。

女子からは『クレープ店』が。男子からは『お笑いライブ』『家で不要になった本

やゲームソフトの販売』などの案が出された。

書記の白川が黒板にそれらの案を書き出していった。

そこで、和正がさりげなく手を挙げて、

「和田君にギターライブをやってもらいたいと思います」と発言した。

一瞬、教室の中が静まり返った。書紀の白川が戸惑った様子で松野を見ていたが、慌てて黒板に『ギターライブ』と書いた。教室内の雰囲気に急いて田川が手を挙げて、

「ライブの舞台づくりのセッティングは皆でやって、歌の参加も考えたらどうでしょうか？」

と発言した。後ろで見ている鈴木を意識して、和田一人だけでやるのではないと印象付けようとした発言だった。

白川が『ギターライブ』と書かれた横に『セッティング全員参加』『歌の参加』と書き加えた。

議長の松野が、

「他にありませんか？」

と声を掛けたが、教室内は静まり返ってしまって、もはや誰も発言しようとしなかっ

た。後ろで鈴木の動く気配に松野が、

「では、今出てきた案を元に、もう一度細かくまとめてどれが一番いいか話し合って下さい。この次のホームルームで決めたいと思います」と会を打ち切った。

確かに幾つかの案は出されたが、後ろで見ていた鈴木は少し違和感を覚えた。何がと言われるとははっきりとは分からないが、何かが引っ掛かるような気がした。しかしその場は生徒たちに任せることにした。

話し合いの結果、文化祭の出し物はギターライブとリサイクル販売に決まった。

松野たちは戸惑っていた。和田が何の反応も見せないのだ。計画では案を出したその時に、紺野が和田の名前を出したその時点で、和田は戸惑いを見せるはずだった。そうなれば、案として挙げていてもギターライブは案だけで終わるはずだった。

しかし、和田には何の変化も表れなかった。戸惑いの中、何の手も講じないまま多数の支持でギターライブの案は通ってしまった。どうやら紺野の発言に大きく反応したのは、彼の苛立ちを感じ取っていたクラスメートたちの方だったようだ。

文化祭の準備に入らなければならないのにリサイクル販売の方は着実に進行し始めていたが、ギターライブの進行は和田同様、静かで何の動きも見られなかった。

文化祭のテーマが決まってから数日が過ぎた。他のクラス同様、文化祭に向けて鈴木のクラスでもリサイクル販売では動きがあるようだったが、ギターライブの方は一向に動き出す気配が見られなかった。当の和田守も、いつもと変わらず自分の席で誰とも接することなくポツンとしている。何か問題でもあったのだろうか。鈴木は落ち着かなかった。

鈴木と同じように、中岡を始めとする四人もまた打つ手が見つからず落ち着かなかった。教室の中でもヒソヒソと危惧する声が出始めている。彼ら四人の計画では和田さえあの提案……ギターライブを発言した時点でオロオロと戸惑いを見せるなり、出来ないと声を上げるなりしていたら計画は成功し、今頃は平穏に文化祭に向けてクラス一丸となって盛り上がりを見せているはずだった。松野は計画がうまくいったら紺野と話をするつもりだった。

しかし、あの時もあの後も和田は何の変化も見せない。そんな守に対して和正だけでなく中岡たちも苛立ちを募らせていた。

苛立ちと不安が頂点に達しようとしていた彼らは放課後校舎の隅に集まり、こんな相談をしていた。

「なあ。どうする？　和田の奴動かないぞ」

「こうなったらさ。和田がギターを弾けないようにするしかないいんじゃないか」

「えっ！　それって」

「だってさ。他に手はあるか？　誰が見たって無理だって分かるようにするしかないだろ？　鈴木も何度も覗きにきてるしさ」

彼らは窮地に追い込まれていた。

そんな彼らの話を偶然にも守が聞いていたのを誰も気付いてはいなかったが、彼らの話を聞いた守は、

「何をされるのだろう」と強い不安に包まれた。

彼ら四人から見れば、彼らを無視し、ふてぶてしく見えていたかもしれないが、当の守からすれば、文化祭の話し合いの中で自分の名前が出された時も、その後も、ずっと何も言えず何も出来ず、クラスメート全員から無言の責めを受けているようで、針の筵に座っているような日々を送っていた。窓から見える風景だけが唯一の味方のように、窓際に張り付くようにやっと耐え忍んでいる毎日だった。

そんな守にとって彼らの話は、わずかに残った踏ん張る気力を絶望へと変えていくのに充分だった。

学校を出て何処をどう歩いたのか、力尽きたようにビルの陰にうずくまって守は泣いた。声を殺して泣き続けた。

咲江は夫が入院した後、パートの事務員として働き出し仕事にも慣れてきたが、ここに来てやっと夫の退院の目途が立ってきた。今、夫はリハビリに入っている。そんな夫への励ましも兼ねて、仕事帰りには必ず病院の方へ顔を出すようにしている。忙しい毎日だから一日もあっと言う間に過ぎていく。家事は娘の香奈が頑張ってくれていて、最近では料理の腕も上がり家事の手際も良く、兄の守にもポンポンとダメ出しをしているほどだ。

ただ、その兄の守がこのところ少しふさぎ気味なのが気になっていた。夫の入院が長引いていることで、進路に迷いがあるのだろう位に考えていたが、ここ、十日ほど前からその表情が深くなったような気がする。妹の前では、いつものように振る舞っているようだが、無理をしているようにも見える。きちんと話をしなくてはならないとは思うものの、忙しさにかまけてつい後回しになってしまっていた。

そんな中、その守がなかなか帰らない日があった。

『何かとんでもないことがおこったのではないのか』

『忙しさにかまけることなく、もっと早く話をしておくべきだった』と後悔しながら帰りを待った。娘の香奈も、

「お兄ちゃん、携帯にも出ないよ。もう！」

と落ち着かない。その時、カチッとドアの鍵が開けられる音がした。『帰ってきた』とほっとしたと同時に怒りがこみ上げてきた。その母より早く娘の香奈が、

「もう！　遅い！　携帯にも出ないで」

と噛みついた。

「悪い。悪い。ごめん」

と謝る息子に、

「本当よ。心配したんだから」

と咲江も声を強くしたが、

「ごめん。心配させて、ごめんなさい」

と言った守の顔が心なしか明るかったのに戸惑った。『いったい何があったのだろう』と思ったが、

「ああ、お腹空いちゃった。お母さん、ご飯食べよう」

と言う香奈の後を、

「本当。もうペコペコだわ」とついて行った。

食事を終えて、遅くなった罰として皿洗いを言いつけられた守は、慣れない手つきで片づけを済ませ、自分の部屋へ入り電気を点けた。すると小さな音を立てて電気が点滅した。

ビルの屋上で気を失っていた守は、しばらくして目を覚ました。周りはすっかり帳を下ろして星明かりが見えた。身体が少し重く感じられた。手をついてゆっくりと立ち上がり引き寄せられるようにフェンスまで歩いていった。

屋上から見た街はきれいだった。向かってくる車のヘッドライトの黄色い色の列と、去っていくテールランプの赤い列が連なって花火のようにキラキラと光っていた。その流れる光の情景にしばし見とれた。

どうしてこんなところにいるのだろう?

そうだ、もう何もかも嫌になっていたんだ。何だかそんな自分がおかしかった。

守の中の自ら命を絶とうとした絶望が不思議にきれいに消えていた。

守は疲れもあっただろうが、安心のためかベッドに横になると直ぐに眠りに落ちた。

その夜、守は夢を見た。二人の学生がギターを抱え込むようにして笑っていた。楽しそうに。おかしくて仕方なさそうに笑っていた。

その学生の一人は、あの教育実習生の先生だった。

第二章

1

守は自分の席で実習生の先生を待っていた。はっきりと覚えていなかった先生の名前が『高井』という名前であることが今は分かっている。夢の中で笑っていたもう一人の学生が、守の中に存在していた。

高井は引き寄せられるように守の教室にやってきて、青木を思い出しながら窓際の生徒を見ていたが、ゆっくりと教室から離れ歩き出した時、後ろから声を掛けられた。

「高井……」

「えっ？」

後ろを振り返り、そこに立っていた生徒を見てドキッとした。

「青木?」

そんなことがあるはずがないのに、一瞬、目の前に青木が立っているように見えた。そこに立っていたのは、さっきまで高井が見ていた生徒だった。おそらく、彼を見て青木のことを思い出したからだろう。

「先生」

「はい。なんでしょう?」

「僕にギターを貸して下さい」

「ギター?」

「はい」

青木が事故で亡くなってから今日まで一度もギターを手にしていない。実家の押し入れの奥に押し込んだままだ。

「ギターを? 僕から?」

「はい」

「来週でいいかい? 今僕の部屋には無いんだ。週末に取りにいって来るから月曜日の朝、職員室まで取りにきてくれますか?」

「はい。ありがとうございます」

歩いていく生徒の後ろ姿を見ながら、何の抵抗も無く貸す約束をした自分を不思議に思った。

学校から帰った高井は、冷蔵庫から取り出したペットボトルの蓋を開けながら今日あったことを考えた。

「どうして俺にギターを借りようとしたのかな……。名前、聞かなかったな」

と呟いてペットボトルから水を一口、口に含み、ボトルをテーブルに置き実家へ電話を入れた。

「はい。高井です」

久しぶりに聞く母の声だ。

「あっ、俺。今度の土曜日にちょっと帰るよ」

「あら、こんな時期に珍しいわね。何かあるの？」

「うん。ちょっと持ってきたい物があってさ」

「そう。食事は？」

「夕食だけ頼むよ」

「分かった。準備しておくわ。車でしょ。気を付けるのよ」

「うん」

土曜日の朝、レンタカーを借りて実家に向かった。車を走らせながら考えた。青木を思い出すきっかけとなった窓際の生徒。名前も知らない初めて話した生徒がギターを借りたいと言ってきた。突然であり得ない申し出に、自分は何の違和感も持たず貸すことを約束した。

「なぜだろう？」

青木の存在が胸の中で大きく膨らむ。止まっていた時計が動き出した。そんな気がした。

「ただいま」と声を掛けると奥から、

「ああ、おかえり」と母の声がした。

久しぶりに帰った家の中は、母がまた配置換えをしたのだろう。リビングのソファーの向きが変わっていた。母愛用の本棚は小説を処分したのだろうかすっきりとしていた。変わったのはそのくらいで、あとは何も変わっていない。

「父さんは？」

手を拭きながらやってきた母に聞くと、

「今日は、朝早くからゴルフよ。もう少ししたら帰ってくると思うわ。夕食は父さんが帰ってからでいい？」

「うん」

父は、大手の会社に勤務していたのだが、高井が高校三年生の時に、新しい上司との折り合いが悪く、短気な性格だったこともあり、辞表を叩きつけてあっさり辞めてしまった。丁度、高井が青木と行動を起こし始めた頃だった。

カバンをソファーの上に置くと同時に、表に車の音がして「どうも」と言う父の声が聞こえてきた。

「ただいま。おーい治美。風呂入れるか？」

「お帰り」

と玄関に顔を出すと、

「おお。来ていたのか。久しぶりだな。こんな時期に珍しいじゃないか」

と母と同じことを言った父の顔は心なしか日に焼けていた。大手企業に勤めていた頃は、

「休みにゴルフに行くなんて考えられない」

と言っていたのに、ゴルフから帰った父は晴々としていた。

再就職した所には課長として迎えられたものの、入社間もない若者同様、何でもやらなければならないような小さな会社で、収入も大幅に減った。そのため、母もパート勤めを始めた。生活環境は一変したが、父も母も以前より和やかに見える。

久しぶりに父の晩酌に付き合い、ゴルフの結果を聞き、母のパートの愚痴を聞き、席を立ったのが十一時を少しまわっていた。

自分の部屋へ入ると、机の脇にギターケースが置いてあった。そこへ母がやってきて、

「今日ね、青木君のお母さんが見えて、このギターをあなたに貰ってほしいって持っていらしたの。受け取ってしまったけど……」

「ありがとう。大丈夫だよ。丁度ギターを取りに帰ったのだから、このギターも一緒に持っていくよ」

青木が亡くなった時、高井の落ち込んで塞ぎこんでしまった姿を見て、父も母も腫れ物に触るように気を使ってくれた。

母が下に下りて行った後、高井はギターケースにそっと触れてみた。懐かしいステッカーが貼ってあった。

ケースを開けるとギターと一緒に二冊のノートが出てきた。そのノートを手に取り

ベッドに腰を下ろして一ページずつめくってみる。

二人で作った歌に赤や青のボールペンで書き直したり、書き足したりした小さな文字がいくつもあった。その傍に怒った顔や困った顔などのイラストがあった。あの時書いた詩を青木が直したときの高井の顔だと言って彼は笑った。

あの時はイケルと思っていた歌詞も、今読み返してみるととても幼いものだった。『青空』とか『風』とかが、やたらと出てくる。それでも懐かしく愛おしかった。

次の日、車にギターケース二つを積んで、母の『気を付けて』の言葉に送り出されて帰路についた。

車中、後部座席に詰め込んだギターの存在を考えていた。何もかもが不思議だった。

話したことのない生徒が一実習生である自分にギターを貸してほしいと言ってきたこと。その突然の申し出に素直に応じたこと。実家に帰った当日の朝、青木の母親が彼のギターを届けに来たこと。

それは、偶然だったかもしれないが、生徒にギターを貸す約束をした日の朝に見た夢を思い出すと、バスの中から見ていた誰かは、青木だったのではないかと思えてくる。

高井は学校の宿直室に行き、ギターケースを中に置かせてもらいアパートに帰ってきた。たった数日の出来事だったが、とても長い日を過ごした気がした。

2

月曜日の朝、高井は少し早めに学校に向かった。かつてのあの日々が思い出される。宿直室にいる先生にお礼を言い、ギターケースを手に持ち職員室に入った。机の脇にケースを並べて置き、その日の日程表を見直していると、出勤してきた生徒指導の奥寺先生が高井の姿を見て、

「やあ。随分と早いですね」と声を掛けた。

「あっ。おはようございます」

「何かいいことがあったのですか?」

「どうしてですか?」

「なんだかそんな雰囲気でしたから」

「えっ。そうですか?」

　奥寺はそんなこと言いながら高井の傍まで来て、机の脇に置かれたケースを見つけて、

「高井さん。ギターを弾かれるのですか?」と聞いた。

「高校の頃、少し弾いていた時期がありましたが、今はやっていません。これは生徒から貸してほしいと頼まれたので持ってきました」

「へえー。一年生の生徒でそんな趣味を持った子がいたかな?」

「いいえ、三年生です」

「三年生?　そうですか。若い人は打ち解けるのが早いですね」

と感心したように言った。そこへ鈴木が入ってきて、話を聞いていたらしく、

「その三年生の生徒って誰ですか?」と聞いた。

「それが、名前を聞きませんでした。C組の窓際に座っていた生徒です」

「和田かな……。でも、よく高井先生がギターを持っているって分かりましたね」

と鈴木が言うと、

「若い先生だからきっと持っていると思ったんじゃないですか」

と奥寺が言った。

「そうかもしれないですね」

と言いながら鈴木はギターケースに目をやった。高井も鈴木の目を追うようにケースを見つめながら、確かにそうかもしれないと思った。

他の先生たちも出勤し始めてきた。

「さて、そろそろ行きますか」と言った奥寺に「はい」と言って高井は席を立った。登校してくる生徒たちに声を掛けに行くのだ。

後に残った鈴木は、自分の席で頬杖をついてギターケースをぼんやりと見ていた。

校門で高井は奥寺と共に、次々と登校してくる生徒に声を掛けていった。

「お早う」

「お早うございます」

「お早う」

「お早うございます」

その中にあの生徒がいた。高井は彼に声を掛けた。

「お早う」

「お早うございます」

「持ってきているよ」

「ありがとうございます。今、取りに行ってもいいですか？」

「分かった。奥寺先生、先に職員室に戻ります」

と断って二人で校舎の中に入っていった。


職員室に高井が入ってきた。その後ろに和田守がついて来ていた。高井からケースを受け取っている。その様子を見ていた鈴木は「やはり和田だった」と「やっと動き出した」とため息をついた。

鈴木が守の傍にやって来て、

「和田。やっと動き出したか」

と声を掛けた。守はにっこりと頷いて、

「遅くなりました」と頭を下げた。

「そうか、ギターがなかったのか」

「先生、今日のホームルームの前に少し時間をもらっていいですか？」

鈴木は嬉しそうに、

「よし。一緒に行こう」

とギターを持った守の肩を打って、もう一つのケースを高井から受け取った。守は後

ろを振り返り高井に、

「高井先生。歌を聴きに来て下さいね」

と言って鈴木と一緒に職員室から出ていった。

3

教室に鈴木と守が一緒に入ってきた。彼らはそれぞれの手にケースを持っている。守が持っているケースには、黄色、青、あずき色といったステッカーが貼られてあった。鈴木は守を入口近くに待たせて、

「お早う」と皆に声を掛けてから、

「えー。おそらく皆の中では文化祭準備の進捗状況を把握できていたのだと思うが、いやぁ、先生は何の動きも無いのでヤキモキしたよ。

今日から和田が動き出すそうだ。話を聞いてやってくれ。じゃ、和田」

と守を促して場所を譲った。

守はケースを大切そうにそっと下に下ろし、鈴木が譲った教壇に立ち一度頭を下

げ、こう切り出した。

「文化祭のライブに協力して下さい。歌う曲を書くのと舞台のセッティングなど手伝ってもらいたいのと、出来れば一緒に歌える歌の選曲もお願いします」

ともう一度頭を下げた。

　誰も声を出さなかった。後ろで見ていた鈴木が、

「どうした？　手伝ってやらないのか？」

と声を掛けると、

「私やりたい」

と林明日実が立ち上がった。その声を皮切りに「俺もやりたい」「私も」と教室の中がガヤガヤと盛り上がってきた。鈴木のクラスもやっと文化祭に向けて華々しく動き出したようだ。

　中岡が田川の傍に来て、

「もうやめよう」

と言うと、田川も、

「なんかほっとしたな。あのまま和田に何かしていたら……」

「そうだよな」

松野を見ると松野もほっとした顔をしていた。

放課後、待ち伏せしようと計画したあの日、和田が教育実習生の先生と話をしていたと思ったら、そのまま和田は帰ってしまった。結局、彼らの計画は実行されることは無かった。中岡を初め田川と松野は、その日実行できなかったことで決心が鈍り次の計画日を決められずにいた。さすがに和正も計画が実行されなかったことに安堵していた。和正は、目の前の守を見て、孤立させたばかりか危害まで加えようとした自分が恥ずかしかった。自分の愚かさのせいで巻き込んでしまうことになった松野たちにも、何と言えばいいのだろうと呆然となった。

松野は、前で話している和田を見ている紺野の様子に、出来ることなら二人の仲を取り持ってやりたいと思った。中岡と田川はきっと力を貸してくれるだろう。紺野ときちんと話そうと心に決め、前で話す和田に目を移した。

高井は放課後、奥寺と一緒に各教室を見て回っていた。鈴木のクラスを覗くと他のクラスと同じような盛り上がりを見せている。鈴木が二人の傍にやって来て、同じように中を覗き込みながら、

「やっと動き出したんだよ。どうなるかと心配していたんだよ」

と二人に訴えるように言った。

4

和田孝のいる病室に、紺野豊一が上着を腕にかけた格好で静かに入ってきた。孝は何か資料らしいファイルを広げて読んでいた。

「どうだ。調子は？」

「あっ、先輩。はい、退院に向けてリハビリに入りました。もう少しで退院の許可も出してもらえそうです」

「そうか。順調で良かった」

「咲江は足手まといになっていませんか？」

「いやぁ、中々どうしてしっかりやってくれているよ。気配りが良くて助かっているよ。知っている仲だからかな」

「色々とありがとうございました。本当に良くしていただきました。まさか、こんなに長い入院生活になるとは思いませんでした」

「健康診断を怠けるからだよ。担当者からさんざん言われていただろ。俺の方までしつこく言ってきてたよ。今度からは真面目に受けてくれよ。だが、俺もお前にばかり負担をかけすぎたな」

「その分ゆっくり休んじゃいました」

豊一は、彼が復帰して咲江さんも家庭に収まれば、あずさの態度も軟化するだろうと思った。また、そうであって欲しいと願った。家に帰っても気が休まらず、どうしても仕事にばかりに力が入る。息子の顔もここのところろくに見ていない。進学に向けて頑張っているのだろうとは思うが、たまに顔を合わせても、スッと姿を消してしまう。家庭内の空気は、息子和正にも少なからず影響を与えているのが分かる。考えてみれば、孝の妻の咲江が家庭を支えていこうと思うのと同じように、あずさだって忙しい自分を支えてくれていたはずだ。寂しい思いをさせてしまった。思いやりの無かった自分の態度も反省しなければなるまい。

第三章

守はギターを手にした日から不思議な感覚を味わっていた。

守が中学生だった頃、父方の従兄弟の郁也が夏休みに開催されるライブコンサートに行くために、守の家に暫く泊まったことがあった。その時に郁也からギターを教えてもらった。その後、冬休みや春休みといった長期の休みなどを利用して守の家でギターを教えてくれていた。守はギターに興味を持つようになっていったが、郁也が大学受験で忙しくなった頃からあまり顔を見せなくなり、守も高校に上がる頃にはギターを弾くことが無くなってしまっていた。

だから、それほどギターの腕前がいいということは無い。それなのに高井からギターを借りて手にした時、無性にギターが懐かしく愛おしくて、手が勝手に動いていく。何と言えばいいのか、自分の手なのに弾いている手が自分の物じゃない。とても鮮やかに動く手だった。

駆け込みライブの準備はなかなかしっかりしたものだった。行事進行役の高畑によると、和田以外の数人で歌う曲は三曲だということだった。

ライブが始まった。高畑洋司と林明日実が開演の挨拶をした。幕が開きギターの音が流れてきた。

担任の鈴木は、この数日間ほどヤキモキしたことは無かった。和田守がなんとなく孤立しているように感じていたので、文化祭の行事に彼が指名されたことに違和感を持った。名指しされた和田がその時どんな顔をしていたのか、教室の後ろに立っていた鈴木には確認することが出来なかったが、誰一人として反対意見を出す者もいなかったし、何より、当の和田本人も何も言わなかった。

その後の話し合いであっさりと多数決で決まってしまった和田のギターライブだったが、数日間何の動きも無いまま時間だけが経っていった。

ライブを提案した紺野に声を掛けた。彼は「大丈夫です」と言った。議長を務めた松野にも声を掛けたが、彼もまた大丈夫だと言った。それっきりになってしまったが納得したわけではなく、胸に引っ掛かりが残っていた。文化祭が近づくにつれ、他のクラスは活気のある準備作業に動いているのに、鈴木のクラスも、確かにリサイクル販売用の商品が集まってはいたが、ライブの準備としての動きは見られなかった。

　初めに感じた違和感をもっと他の生徒にもしっかり聞いておくべきだったと後悔していた。

　それが、和田自身が教育実習生の高井からギターを受け取りにきて、受け取ったその日から活気ある準備態勢となっていき、鈴木はやっと胸をなでおろした。

　和田守が数曲の歌を歌った。なかなかの演奏だった。窓際にひっそりとしていた彼からは想像できなかった。まるで別人だった。

　鈴木がクラスを受け持ったばかりの頃の和田は快活な生徒だった。それが途中から快活さは身を潜め、彼は窓際の席でひっそりとしているようになった。その変化に鈴木は、父親の入院もあり、生活環境に変化が起きたのだから、それも当然かもしれないと思っていたが、もしかしたら、いじめに遭っているのではないのかと考えることが無かったわけではない。

　懐かしい日々
遠くなる声

一番星が
茜色に
染まっていく

その和田が目の前で堂々と演奏をして歌っている。その訴えるような歌詞にも鈴木は感動していた。

その守のライブを退院したばかりの孝が咲江と二人で見に来ていた。咲江は落ち着いて堂々と演奏をしている息子の姿を見て、先日のあの暗さは何だったのだろうかと思った。そして、あの遅く帰ってきた日にいったい何があったのだろうかと。その咲江の横で孝は「あいつやるな」と嬉しそうに見ている。

守の演奏に合わせて数人の生徒たちが、今はやりの歌を合唱して会場を盛り上げた。その中には和正を含めた四人もいた。

再び守一人となった。ギターを持ち椅子に座りなおした守が、マイクに口を近づけてこう言った。

「高井先生。次の曲から一緒に歌っていただけますか？」

「えっ？」

高井は寄りかかっていた壁から背を離し、壇上から声を掛けた守を見て、

「青木」

と呟くと、吸い寄せられるように前に歩いていった。彼には青木が自分を呼んだように思えた。その高井を守は静かに見守っている。壇上に上がろうとした高井をじっと見つめながらマイクに近づいた守の口から、

「次からの曲は、この高井……先生が高校の卒業式の日に、ある同級生と一緒に歌うために作った曲です。残念ながら、その同級生は卒業式前に事故で亡くなってしまい、計画したライブを実行できませんでした」

高井を見ながらそう話す彼は青木だった。高井には分かった。夢の中で自分を見ていたのはやはり青木だった。そして彼は「逢いに行く」と教えてくれたのだと確信した。

守は、いや、守の姿をした青木が傍に置いてあった高井のギターを高井に手渡し、自分のギターをポロンと鳴らした。高井はそれに音を合わせていった。青木の指が弾き始めた。懐かしい癖のある弾き方。そこには確かに青木がいた。高井は歌い始め

た。それに合わせて彼も歌い出した。

いつか　語り合う日が来たら
笑いながら　肩寄せ合い
思い出話に酔い痴れよう
だから今　あふれるほど沢山の
思い出を作ろう
その日はきっと今日のように
青い空が広がって
優しい風も吹いているだろう

いつか　語り合う日が来たら
笑いながら　肩寄せ合い
思い出話をしよう
だから今　笑えるほど愉快な
思い出を作ろう

その日はずっと大人になり
恋人なんかいたりして
照れくさそうな顔になるかも

君の夢を話しておくれ
でっかい　でっかい夢を
君と出会って夢の話をする
それがどんなに　どんなに誇らしいか
いつか語り合える日が来たら
笑いながら　肩寄せ合い
思い出話をしよう
色々あったと懐かしみながら

傍に青木がいて語りかけてくれる。

「高井、なんだよ。前を向いてよ。俯かないでよ。約束したろ。夢を叶えようなって」

「だけど青木、俺には……お前のような優しさも無いし、やりたいことなんて無いよ……ミュージシャンになることを諦めたって言ったお前の辛さもまだ、俺は分かっていないのかもな」

高井は守の優し気な目を見つめていた。そしてその目に語りかけた。

「バスの中から俺を見ていたのは、君だったんだね」と。

君を待っている人がいる
くじけそうになっても
頑張った自分をほめてやるんだ
歯を食いしばって泣かなかった
グッと握りしめた手は
明日につながる
悔しいときは　空を仰ぐんだ

君を待っている人がいる
くじけそうになっても

胸を張った自分を好きになるんだ
何度だって立ち上がれ
唇かみしめて立ち
明日を見つめる
泣きたいときは　空を仰ぐんだ
青い空も　優しい風も
明日を待っている

歌っている二人は幸せそうだった。どこで練習したのだろうか？　鈴木は狐につままれたようだった。

エピローグ

高井は、守を連れて青木の実家を訪ねた。二人だけに通ずる『青木の存在』は、不思議なものだった。

守から聞いた彼の家庭環境は、青木の事情とよく似ていた。

きっと、青木は自分が亡くなった後、何となく大学に進み、何となく教育実習生となったふがいない高井を気にかけてくれたのだろう。そして、絶望の縁にいた和田守が自分の環境とよく似ていることを知って、彼の身体に入り込んだのだと高井は信じた。

青木の母は言った。

「直哉には、我慢ばかりさせてしまったわ。夫とよくギターの練習をしていてね……。夫が亡くなってから父親の形見となったギターだけが唯一の拠り所だったのに、私が夫を思い出すのが嫌で、家の中で弾くことを許さなかったの。

直哉も、私が夫を忘れるように働き続けていることが分かっていたのでしょうね。家の中では一度もギターの音を聴かなかったわ。

それが、直哉が亡くなった後に、担任の小野先生が音楽室に置かれてあったギターケースと二冊のノートを持ってきて下さったの。

その時初めて、直哉があなたと放課後、楽しそうにギターを弾きながら曲を作っていたことを聞いたのよ。

きっとあの子の支えは、あなたと過ごしたその時間だったのだと思うわ。直哉から暗さが無くなっていたから。先生の話を聞きながらそう感じたのよ。

高井さん、ありがとう。ほんとうにありがとう。

ギターをあの日届けに行ったのは、直哉の夢を見たからなの。嬉しそうにしてた……。

その夢を見て小野先生の話を思い出したら、もしかしたらギターをあなたに届けてほしいと言っているのかもしれないと、そんなふうに思えてきてね。

あなたのお母さんから聞いたわ。直哉が亡くなった時、あなたの落ち込み方がとても心配だったと。

直哉にこんなに素敵な友達がいたなんて……」

高井は、青木の写真に向かって初めて手を合わせた。久しぶりに目にした青木の笑顔だった。

「青木、逢いに来てくれてありがとう」

長い間、しこりとなって残っていたこだわりが静かに消えていくようだった。

高井の横で、守はじっと青木の笑った写真を見ていた。やがて真面目な顔付きで「ありがとうございました」と手を合わせ、頭を下げた。

その守の様子を見ていた高井は、彼から聞いた彼のつらい体験を彼自身の宝にしてほしいと願った。そして高井はもう一度、笑っている青木に向き合い、「教師を本気でやってみるよ。心配してくれてありがとう」と語りかけた。

教育実習最後の日に、挨拶をしてほしいと校長先生から言われて壇上に上がったものの、生徒の多さに圧倒されて暫く声を出せずにいると、一人の女子生徒から、「先生、格好良かったよ」と声がかかった。

それと同時に拍手が起きて緊張が解けた。マイクに姿勢を合わせるように立ち直し

「ありがとう。ええーと、いい学校ですね」

と切り出すと笑い声が起こった。高井はもう一度「えーと」と言い、話し始めた。

「僕は、高校三年生の卒業式の後、友人と二人でサプライズライブをやろうと計画していました。そのために二人で曲を作りました。文化祭で歌ったあの曲です。

　彼の夢はミュージシャンになることでした。でも、彼の家庭環境は複雑でミュージシャンになる夢を諦めて働くことを決心しました。そこで、最初で最後のライブをやりたいと言ってきたのです。卒業までの数か月ほどでしたが、楽しい時間でした。それが残念ながら、卒業式前にその友人が事故で亡くなってしまい、ライブは決行できませんでした。とてもショックでした。

　彼とは色んな夢を語りました。いや、一方的に自分の夢だけを話していたのかもしれません。そんな僕に彼は、

『高井、大人になって会った時、一杯思い出話が出来るようにしような』ってよく言っていました。今はもう叶えることが出来なくなってしまいましたが、文化祭で和田君と歌ったおかげで、彼と語り合えたような気がします。一緒に歌い胸がいっぱいになりました。

　皆さんも、今、この時を大切にして下さい。そしていつか、友達と語り合えるよう

な沢山の思い出を作って下さい。
短い間でしたが貴重な体験でした。ありがとうございました」
高井は深々と頭を下げた。
その高井の言葉に奥寺が鈴木にそっと呟いた。
「彼は、いい先生になりますね」と。鈴木は深く頷いた。

著者プロフィール

澁瀬 光（しぶせ こう）

会津の豪雪地帯只見出身。
千葉県在住。
落ち込んだときは、太宰治の「トカトントン」を助け船としている。

時が優しく動き出し

2020年12月15日　初版第1刷発行

著　者　澁瀬 光
発行者　瓜谷 綱延
発行所　株式会社文芸社
〒160-0022　東京都新宿区新宿1－10－1
電話　03-5369-3060（代表）
03-5369-2299（販売）

印　刷　株式会社文芸社
製本所　株式会社MOTOMURA

ISBN978-4-286-22111-3